異形

◉孫維民／著

聯合文叢 669

目錄｜Contents

卷一　心的暗室

卷二 有人不喜歡談論死亡

【卷一】

心的暗室

異形
alien

素描

黃昏社區
飼鴿的人站在樓房屋頂
揮動旗杆。他向下望
推車小販緩緩經過狹窄的巷道
而孩子已經回家——公路上
一支警笛急切地奔入圍攏的
夜色

落日輕喟一聲
飄墜，一枚紅葉

住院

我在短暫的睡眠後醒來，發現自己繼續躺臥在置放著四十八張病床的房間裡。圍牆那邊的軍營準時於0530播放起床號，以及一段例行的講話。每天總是如此的：忽然響起的號聲彷若狙擊通過電線與擴音器。果樹上的雀鳥撲翅亂箭般地飛離枝枒，蝸牛收回觸角，露水從爬行的藤蔓上掉落，每一株草葉感覺著無形然而確鑿的震波

每天早晨總是如此的：我面對光亮刺眼的天空，隱約聽到窗外傳來細弱怪異的呻吟，像一隻受傷的蚱蜢，或是破裂的白色小蛋

病中

戰事依然進行。
他像一支故障的步槍
啞然棄置於夏日瘋狂的野外
蟲蟻忙碌的青草中

病

我們憎恨彼此，卻又不能分離
如同多年的夫妻。

當初，一定也有愛的
我曾追求過它？
更有可能只是無知
因為年輕——

總之，這場婚姻持續至今
我們如此地熟悉對方，

它在我的裡面
我在它的裡面

如此親密地了解
彼此的脾氣：一個陰鬱的眼神
一陣輕微的痙攣
即能洩露所有的心事

我們努力地小心地，維持著
一種平衡——
失去平衡的一方
將被殺死

或許，仍然是有愛的：
我若死了，它也無法存活。

聽蟬 1

或者他們有些消息想要透露
彷彿他們知曉某些祕密：
關於生之苦痛和解脫的
與乎燦爛之光的——我細細地傾聽
一整個長長的夏天，傾聽——
直到忽然看見一枚尖叫的落葉
從微涼的窗前
疾奔而過。

聽蟬 2

整個長長的夏天
他以機械磨尖拒馬與蛇籠的每一根刺
嚴密地，防衛自己

卻被一枚從天而降的銹蝕醜陋的葉子
無聲地，澈底地
摧毀

聽蟬 3

他抓住一根細細長長的繩索
不停地攀登
向上，不停地

希望看見高處的風景
希望知曉峰頂的祕密
因為苦痛

直到無數鋒利的落葉
冷冷地，將細細長長的繩索
割斷

聽蟬 4

為了某種不能分享的痛苦
他整理著糾結荒冷的思緒
一顆抵達枒杈的心，瘋狂地
企圖避免瘋狂

夏末

一隻離巢甚遠的鳥
獨自在尖高的樹頂觀望或沉思
當紅日無聲地飄墜彷若葉片
悔恨啄破胸膛，即將撲翅

鳥

在我的屋內有一隻鳥
關在一個藍色的籠子中。
每天清晨，當窗外牠的同類
歡呼著搖落樹枝上的露珠
或者，精靈一般，降下
灰綠的草地，追逐
早起的小蟲，我聽到牠
在籠子裡靜靜地撲翅
眼珠和頭頸不安地轉動
彷彿也是渴望。每天中午

我照例為牠加水添穀
有時洗淨一枝菜葉
塞進細細的欄柵
藍色的囚室。總是
牠疲倦地觀望著我
彷彿懷疑，彷彿
冷漠——我想到牠
幾乎從未快樂地飛翔
午夜以後，偶爾也忍不住
偷偷流淚。當然我也考慮
慈悲等等危險的名詞——
我卻發覺：多年的禁錮
牠像一顆老病的心，已經

無法撲打，藍色的
天空
在我的屋內有一隻鳥。

心的暗室（八首）

一、窗景：落日

一幅落日掛在窗口：
室內唯一的畫

它像飛鳥移動著
夜色張開巨大的羅網

華麗燦爛的顏彩，我想
固定，以及流失的溫度

我想留住雲朵和鳥鳴
年少的信仰與夢

然而它移動著
如不斷撲打羽翼的心

因為悲哀的必然：
掛在窗口一幅夜色

二、風扇，以及其他

它有一顆不能穿透的心
正如其他的東西。桌椅，書籍

茶杯，鉛筆，水壺，衣櫥，收音機
甚至一個荒蕪的房間
都有

一顆不能穿透的心。各自
以不同的材料製成
鼓動互異的五音
輸送五色的血液。各自
擁有自己的生命

也許它們覺得快樂
也許它們並不孤獨，或者
恐懼——當夜色下降

傾聽自己以及別人的心
發現只有不能穿透一樣

三、盆栽：山蘇

為什麼我必須是一名盡職的園丁
如果我被栽種在另一名園丁的花盆裡
因為粗心，或者惡意
不按時給我陽光和水分
一絲氣息完全繫在，他的
忽澇忽旱的心情

因此我將持續折磨它

給它生命，然而不保證快樂
給它快樂，以及更多的哀傷
並且在它瀕臨毀滅的時刻
以上帝的冷靜，遙遙地
解釋苦難和救贖的關係

四、盆栽：仙人掌

如果我忽然決定遠行
如果抵達一座完全陌生的城鎮
在星球的另一邊，靠近白色的沙漠
饜足的禿鷹打著呵欠，慵懶地
將帶血的碎塊唾落教堂的門階

陰鬱的居民握手道別
牧師脫下黑衣，回到
絕望的房間

如果廊柱的陰影永遠靜止
我走過發光的街道，進入蜥蜴和骸骨的沙漠
如果地平線上一枝怪誕的人形，忽然
提醒：柔軟的葉片為了生存
已經進化成為尖刺——
我將不必擔心，它
在遙遠的瓷盆裡
無人澆水

五、相片

在鏡頭前倉皇地脫逃的
難道只是光線與場景？

微笑的玫瑰花叢背後
黑夜轟然推翻白晝的棺蓋
高高立起，巨大的斗篷迅速掩至
（落日凋萎，猩紅的花瓣——）
我聽到其中一朵，最後的呼吸：
「我的生命即將結束
黑暗之王已經君臨，
他正以恨的病害折磨對手

一點一點，啃噬我的花葉與莖幹……」

時候已經到了。
任憑它是千年不朽的象徵
今天，它的末日

六、筆

握著它，我便操控了萬物的命運：

讓他出現在第五章
當一隻烏鴉掠過搖籃
首飾店內玻璃碎裂

街口將有車禍發生——
讓她走進骯髒的暗巷
「距離黎明還很遠呢……」
天空飄過流彈，衛星
夢境傾斜，蛆蟲歌唱——

讓我出現在較為快樂的那幾行
啊，在祂的大書裡

七、鬧鐘

據說時間是可以測量的
以沙，以燭，或者一些精巧的機械。

然而當我枕臥著寒意
熄滅了白晝的光
開啟了黑夜的門
讓夢的怪獸紛紛出檻
未來與過去相互衝撞
將我追逼到了最遠的大漠
丟棄我在礫石和骸骨之間
像一名無助的嬰兒
絕望地搜索
徒然地哭泣——

我說，時間是可以無限拉長的
以孤獨與恐懼，憂傷和恨意。

八、窗景：樹林

在我的心裡也有這樣一片樹林：
白色的霧氣遊蕩在黑色的枝榦
之間，彷若被困的鬼魅
輕薄而疲憊，因為過去的夢魘
對於未來的怖懼。夜色
擎起燐火嚴密地封鎖陽光
和月光，畫眉和蟋蟀，薑花
和水仙。音響與顏彩
不屬於這片沉悶的樹林

在我的樹林裡也有這樣一句咒語。

等待著，被等待的
破解

【卷二】

有人不喜歡談論死亡

異形

alien

春

像屍骸掙脫死亡的糾纏
穿破蟲霉的棺木，黑暗的
土石，硬冷的地表
在無人探問的墓園裡

她回來了

一九八五春

那年春天，我忽然病了
病得有些嚴重。柳絮
在大氣的酒液裡浮沉
雀鳥掠過潮濕發亮的屋瓦
我卻住在病房裡，每天
針藥，點滴，和醫生
討論細菌的未來與過去
終於熟悉了室友的性情
他的病史，以及家庭
藍衣人員定時前來送飯

詛咒，清理一日的垃圾——
每天，直到出院。

每天，出院以前
我偶爾穿越黃昏的廊道
抵達杉樹和玫瑰的小園
與其他的病人和親人
一起坐在鐵椅上。雀鳥
飛過雨絲和夕照，棲息
在各自的暗影裡。我
終於熟悉了更多的細菌
它們的過去與未來，以及
現在的形象，發覺

自己或許並不那麼悲哀——
我忽然病了，那年春天。

兒語

這個世界多麼陌生啊！
他們都是些什麼人？
——彷彿一群翅膀斷落的
有罪的天使　環伺在我四周
並且以奇怪的語言
刺痛我的耳膜——
我為什麼在這裡？

我不要玩具　不要
咚咚的鼓聲　叮叮的鈴鐺

我不要狗熊　小馬　布娃娃
不要他們抱我　拍我
搖我　像一支絕望的鐘擺——
天上的飛鳥都有窩
我要回家

狐狸也有穴
我要回家　我的家呢？
——一個明亮的　溫暖的地方
我曾經伸展透明的羽翼
在燦爛芬芳的果園裡飛翔——
那裡沒有夢魘
我也不會哭泣

那裡沒有廣大的墓場
供給嬰兒學步和遊戲
也沒有疾病與死亡
在花朵和內臟裡　激烈地
繁殖　蛆蟲不會爬滿
嘴角和眼眶——啊讓我
讓我發現那一扇門

不是木製　不是鐵製或金製
的門　像一隻獸
掙脫陷阱　讓我逃開——
逃離所有神像的恐嚇
逃離所有書籍的謊言

逃離未來和過去　所有的
日月的輪轉——

在疲憊的搖籃裡　我
仍然睜著蒼老的眼睛
像一尾魚　當海鳥攫住
啄食　或是被人釣起
丟棄在報紙和鋁罐之間——
我　仍然醒著
他們卻都已經熟睡

他們並未察覺　所以——
當一顆星　驚叫著　奔過

樹木和梁棟之間
夢境和露水之上
白熱的尾光撕裂隨即縫合的
夜色　像一滴淚
迅速殞落

俘虜

不要擔心。大戰就要爆發
你將因此獲得釋放

不會再有晝夜的守衛
在小窗洞外持槍巡邏
抽煙，手淫，詛咒某位同志
他們其實和你一樣悲哀
離家遙遠的兒子女兒
不會再有礮彈和沉寂
敲叩墳場與巷街，樹上

不會再有枯葉和空巢
瞪視著遠方顫音尖叫
饑餓的野狗就快停止
爭奪一根瘦小的腿骨
逃亡的病菌就快停止
從呻吟和絕望的傷口
進入內臟，臨時的家
最後的君王就快駕臨
腰懸叮噹的鑰匙叮噹
不會再有星月或太陽
在荒涼的高地來回追逐
呼喊：光，和平，愛

不要憂慮。大戰就要爆發

一切都將很快結束

病中彷彿

一隻蜘蛛從天花板上垂直降落
降落在我攤開的書上。「玉樹以珊瑚
作枝，珠簾以玳瑁為押。」它冷冷地踩著
彷彿充滿無聲的敵意，與我
一個龐大有病的軀體，對峙
發光的蛛絲在黃昏的窗前
彷彿細細的繩索在風中搖動——
我彷彿聽到背後，它的同類
紛紛從天花板上垂直降落
細細的繩索迅速編成發光的網

封鎖我的退路。每一隻蜘蛛
也都冷冷地警戒對峙，彷彿
企圖將我，一個龐大有病的軀體
捕捉，並且
吞食。

記事

坐在一間日據風格的醫院走廊對面牆上的古老掛鐘
已經停擺長短指針分別對準十一和一可是這是某年
仲秋一個週五的早晨我想剛才過了九點

寂寞的掛鐘底下唯有一名瘦高的婦人斜靠木椅上衣
花黯黑裙曳地正低著頭專心點數從皮包裡掏出的一
疊紙鈔在明亮的市聲與黯淡的屏風之間

復活節

時候已經到了
兩千年前的星光已經抵達我的窗口
孤單燦亮一如那個遙遠的冬天
在荒冷的雪地裡。仰望的人群已經離開
他也已經走進擁擠的病人和罪人中間
沒有枕蓆的頭顱終於安睡在痛苦的木架上
而滴落的鮮血，我也已經嚐到
溫熱猶如兩千年前的下午

時候已經到了

今天，我將死去
並且復活

聖誕夜

睡前我們將襪子一一掛好
懷抱著三歲或者四歲的期待入夢。
他悄悄走近我們的床邊
裝扮成父親或者母親的模樣
帶來明天的驚呼和禮物：
糖果、玩具、圖畫書，
童稚的幸福。

速寫

雨中鴿子站在荒廢的房屋尖頂向下張望：
一個男人手執著裝盛血紅液體的酒瓶——
這是安息日早晨——他的鬍髭和囈語不詳
因為一把某天從垃圾場撿來的碎花
女用破傘

他像古代的先知或瘋子走過。
一隻鴿子伸開雙翅，忽忽
降落油漬發光的地面

誤點

由於誤點我坐在平快內極力安慰自己不要焦急我只
想到遲到及長官的臉色等等但或許意外的安排美好
的結果正在成形也說不定畢竟人的智慧無法理解生
命的設計像夏蟲看不到冬日的樹影

坐在誤點的平快內似一囚犯我只能夠這樣以很少實
現的幻想不斷張望讓自己分心

等車

雖然搭車南來北往日升月沉但我其實更像大海中的
一顆水雷糾結於怪異的礁岩上方偶爾隨著潮流和鯨
豚搖擺始終近乎靜止地等待

等待轉變例如善良的人魚前來解開鋼索或者無知的
大型船艦在某天的黃昏經過

有人不喜歡談論死亡（四首）

一、冬至

是的，冬天已至。
死神經過結冰的道路
在急速旋轉的駕駛盤上，扭斷
一個男人的頸骨。他伸出手臂
接著在郊外的樹叢中和一位機車騎士問好。
道路無限地延伸
有人在墓碑前放置一束鮮豔的玫瑰。
他雙手插在口袋裡，從容地

張望。天已暗了
於是他走進一幢公寓的頂樓
等待一名處女脫下厚重的衣物
然後犁開肥沃的子宮，播撒
精心揀選的種籽

次日清晨，道路依然向前延伸
燈號在十字路口寂寞地變換著。
他向冰雪的盡頭張望
並無任何春天的蹤影

二、我恰巧厭倦了生命

我恰巧厭倦了生命
厭倦了花瓣的膨脹和凋萎
厭倦了嬰兒的哭泣和死亡
厭倦了，所有疲憊的鐘擺
在時間巨大的指掌中，徒然地
來回奔走

厭倦了輓歌和結婚進行曲
白紗與黑紗，白燭與紅燭
在幻滅和忙碌的夜晚——
厭倦了，累積的經驗和知識

哲學，醫學，科學，神學
擁擠的，嘈雜的，可笑的白骨

還有一些其他的事物
我也恰巧已經厭倦。不斷變換的
牆上的標語，屋頂的旗幟
當我走過古老的廣場中央
我恰巧厭倦了，一座
剛才完工的銅像

像萬花筒不停地變化的
男人的臉孔，女人的心

像祕密地腐爛的果實的
亞當和夏娃的愛情——
臥房，荒野，棋戲，戰爭
這些，我都恰巧厭倦了

恰巧厭倦了樹影的移動
大海的潮汐，血紅的月色
厭倦了和夢境一樣真實的
虛幻的人生——當我忽然驚醒
像一顆髑髏失聲呼喊，恰巧
我厭倦了無限延伸的黑暗

是的，我恰巧厭倦了生命

厭倦了沒有開始的開始
沒有結束的結束。厭倦了
太陽以及太陽之下的一切——
厭倦了，無所不在的巧合
厭倦了，唯一永恆的厭倦

三、輓歌

我們都歡迎死亡
因為確定
因為確定那是結束。
漫長的旅途終於抵達目的地
我們終於可以尋覓一片綠草

躺下，在紫杉寂靜的蔭影裡
閉目，休息。終於確定
泥濘，路標，腳印，陷阱，殘骸
野獸，風雨，懷疑，恐懼，悔恨
以及無數個夢的泡影
終於，永遠地結束。

花朵不再盛開與凋萎
果實不再膨脹與腐爛
蝴蝶不再飛舞與靜止
嬰兒不再哭泣與死亡
不再有盲目徒然的追逐
在命運巨大的指掌間

不再有令人不安的希望
在心的暗室擊打火石——
只有寧靜的，寧靜的睡眠
只有永遠的，永遠的睡眠

四、風暴

聽啊　在木屋的西北西方
越過三棵巨大的紫杉
越過像帝國般伸展的牧場
越過預感不祥的牛羊
越過一條嗚咽的小河——它

掙扎在恐懼和絕望的綠草間
像一隻掉進陷阱的野獸
遠遠地　聽見獵人和獵狗

或者　像一名迷路的女童
當夜色降臨　降臨
在一座不安的森林　月光
的血口哼唱一首婚嫁的歌——

越過草原和怒吼的山脈——
因為命運　它們不能逃亡
不能像狐狸或飛鳥一樣——
聽　越過怒吼的山脈

以及幽暗的洞穴　洞穴中
的回音　越過悔恨的
蛇　以及蛇的
敵人和朋友　越過

垂掛樹梢的黃葉　越過
突然塌陷的冰雪　越過
鑽出眼眶的野花　越過
一枚黯黑的太陽　越過

一座荒廢已久的墳場
破損的十字　永遠的靈魂——
他們曾經短暫安息

此刻　他們必要哭泣——

越過一片顫抖的大海
越過沉船的青苔和殘骸
越過無名的魚族和生物
越過失蹤的銀幣和珍珠

在木屋的東南東方
在過去和未來之外
在記憶的最開始　越過
所有迅速毀滅的意象

越過夢與真實的邊緣

越過生死交集的虛線
越過一切無法逾越的　聽啊　聽
一場風暴已然來臨

【卷三】

三株盆栽和它們的主人

異形
alien

湖邊

之1

腳爪踩踏在黃昏的石欄上
溫暖。雖然不斷抽長的樹影
終於一如喧鬧消失
大氣中仍然有光似水

喝完可樂的人都走了
城內的選戰未曾稍歇
他們在餐館策畫另一本詩選

沒有人知道我們在這裡——

這樣很好。此刻，你面對湖
一隻彷若思想深邃的野鳥
我在你背後靜止的汽車裡
屏息，因偷看你而極端愉悅

之2

沒有鰭和鱗片的皮膚
沒有鰓和上帝的流線
況且剛才離開空調的汽車
穿著衣服，套著鞋子

請原諒我。
在你的水綠的圍牆外
一個怪異醜陋的形象
渴慕，且絕望地徘徊

異形

如此強悍的痛苦在我的體內我無法以眼睛嘴巴性
器將它排出我不能用聲影液體煙霧將它殺死

我在信封上書寫姓名地址
我拿起電話按下一堆數字
我走進黑暗的街道直到破曉
我駕著車任憑儀錶求救尖叫
我打開門找到床枕
躺下以前照例我
祈禱

可是始終它在生長還在我的體內像某種外太空的
異形指節伸進我的指節如同手套腳掌踩壓我的腳
掌彷若鞋子它的身體終於取代了我餘下空殼的我
不過是它臨時的居所偽裝

除了我
沒有人知道
除了它
沒有人知道

幽光

共用一個身體真不方便——
有時他想要飛
她卻堅持以四足奔跑

至於那些尚未誕生
或者已經死去的，此刻
非魚非蛇，睡夢在幽光中

一日之傷

1

晚飯之後冬日的風還在窗門外搜索著。
我的足印向後行走，經過樓梯，巷街，車站，橋梁
回到一幢此時已然沉寂黑暗的建築……
胃裡的食物磨碎，分解，進入小腸與大腸
而傷痛持續逗留在體內無法確定的某處
　　不易吸收，排泄困難。

2

若干時日之後，它依舊安然存在
像一枚鋼片或牙齒。
它與肺部吸進的空氣，食道流入的液體
遭遇，發生奇異的化學變化
終於成為身體的一部分——

在細胞之間築巢，像禽與獸
在血液之上飛翔，如神或魔

通車

在黃昏又臨的小站我看到那個男人面對人車和意識
流動的廣場舊褐的長木椅上皮包傾斜手裡抓握無害
的軟性飲料他的胸膛起伏像喪家之犬視線猶未能自
白天的追逐打鬥撤離舌頭不斷舔舐著一日之傷

天黑之前郵差照例前來打開紅色的郵筒附近的學生
繞過麻雀聚集的倉庫廢棄的車廂他謹慎地觀察準時
下班的乳房腰臀中年彷彿疲憊的頭顱繼續耕種不同
的夢他已經習慣了等待罷並非雲彩星光是五點五十
三分經常無座的北上列車

小站

火車停靠在黃昏一個小站也許它在等待另一列車可
是一刻鐘後只有夜色從鐵軌的那頭疾馳而來夾帶越
過廣大田野的濕冷氣流

幾乎空洞的車廂裡已經亮燈了所有的電扇都在轉動
發出呼吸的聲響雖然只有我安靜地靠窗坐著以及兩
名啞巴始終激烈地辯論

除了疲倦的氣味和聲影的鬼魅月臺空無一人我想我
們已被遺忘於是將頭仰起發現車頂一隻蜘蛛正在燈
管與額角之間凌空結網

遭遇

由於命運的指使他忽然走出停靠在黃昏的南下快車
逆向穿過人影稀疏的月臺走近一列北上的平快他先
攀登第5車廂的梯級稀薄的日光燈色與電扇的呼吸
聲響在每一個車廂反覆出現然而稍微猶豫之後他即
決定坐在第7車廂

當他攜帶皮包與夢魘通過中間一節幾乎空洞荒涼的
車廂時他看見了下班之後偎倚著疲憊和挫折雙手猶
如秋末的芒草植根於膝上一冊圖解山海經的我

狙擊

陽光經過狗尾與喬木
傍晚，時間蛀蝕的聲音總是大些。
我翻開書，唸咒，試圖喚醒橫屍紙頁的字
葉片持續地掉落，在昏昧的意識裡觸地
籠裡的鳥雀還在簷下飛翔
偶爾對著半遮的天空
歌唱。「這樣也好，」我抽著菸：「一切既已決定
此後可以安心吞嚥剩餘的晝夜——」

從我無法偵測的方位與距離

記憶突然變化一枚子彈穿過風景
沉默地命中了它的靶心

未完成

室外氣溫陡降
大雨在山區裡
下，黃昏以前
抵達城鎮。西牆
瘦金體的夏日
羅馬書的章節
去年的格言，一則
腐朽的氣味——

這樣的下午總是

令我害怕：壁紙
還沒有換，盆栽
即將枯死。空間
被鄰室的咳嗽
絕望地試探，
生命彷彿已經
靜止，持續地消失——

短歌二首

之一

一個下午就快過去了
雀鳥還在窗外，在
迅速淡漠的陽光中
彷彿企圖留下什麼，歌唱——
一個下午就快過去了
鄰居晾晒的衣服已經
收好，她站在陽臺上
遠遠嗅到雲端的風暴

一個生命就快過去了
他躺在二樓的房間
年輕的手壓著一本厚書
有黑底燙金封皮的——
一個生命就快過去了
窗邊的盆栽默默蔓延
持續伸向有病的肉體
他的夢中有天使飛，歌唱

之二

在墓穴般冷清的雨夜

我看見一塊晴藍的天空
蜜蜂飛過枝葉和光影
像一句讚嘆，降落花心……

窗景

2:49 p.m. 對面的女人推開紗門
在熱水器旁晾掛剛才洗好的六副胸罩
她的腋毛稀薄皮肉軟白，它們
迅速安靜下來如病變死亡的珊瑚或鳥。
冷氣機持續滴水
盆栽多數已經枯乾不過還擺置在陽臺上
昧暗的窗口始終不見一條細瘦的男人影子
他的氣味溢出半開的百葉——
而週日下午的電視京劇，斷續
從深不可測的中庭底端升起……

三百公尺之外，一名工人站在竹搭的鷹架間
（多像一隻無聲顧盼的山雀）
在尚未完工的大樓第八層
左邊第二扇窗下。

三株盆栽和它們的主人

I

他是一種較為低等的生物：
無根。排便。消耗大量的空氣和飲食。
善於偽裝。雌雄異株。
心靈傾向黑暗和孤獨。

每夜，我站在窗臺上
收聽他的鼾聲和囈語
觀望七彩的夢，反覆

重播——我也發現了死亡
祂曾幾次經過窗前
向內窺探

II

我迅速地衰老。

無法抵擋重力的催眠
枝梢的花瓣，終於，沉沉地
睡著了，
睡著了。起霧的世界高速旋轉

無聲地脫離彩色的夢……

他迅速地衰老。

雨絲細細地布置
他凝望的窗外，一棵落葉喬木
更遠的遠方有一群雁
依照祕密的計畫飛行——
他捺熄煙頭，在房間裡踱步
咳嗽

他撥了兩通電話：副刊和出版社——
「最近寫得不多，」他說：「不過

愈能感受書寫的迫切。」
鏡片反映簡陋的室內
他的眼神疲憊：「我必須儘快
寫些真正好的東西……」

他放下話筒。一小時後
他走出書房，心思仍然懸繫著一個句子；
他將我搬至屋外，接納雨水
且以心痛的沉默
拾起客廳地板上的一朵落花。

III

我傾聽著。偶爾也睜開眼睛。

日日為我澆水的人，今天
腳步和呼吸明顯地變了。今天
他比昨天遲緩一些，濁重一些
陳舊的輪廓更為模糊一些
今天，他更遠離他的族類。

我裸露著。偶爾深深地呼吸。

日日為我捉蟲的人，今天

體溫和膚觸明顯地變了。今天
他比昨天冰涼一些，粗糙一些
腐朽的氣味更為濃烈一些
今天，他更接近我的族類。

【卷四】

他和她和你與我

異形

alien

它

掉落心上的它的種子祕密地
抽長扭纏的莖蔓不斷地攀緣
強悍如夢魘帝國的兵馬終
於攻占了整個身體並且
在頭頂足跟四處釘插
黑旗似的鮮花
與碩果。

晨歌

汽車駛離站牌他又開始懷疑（
只有十七秒鐘）雖然瓦斯及窗子的確是關好了。
鮮熱的報紙依序提供每日享用的
戰爭，選舉，股票，星座運勢……
多數學生在一個小站下車繼續他們的夢。
經過某個彎道如週四或週三
他照例想到什麼，又像沒有——
他凝望窗外，遠近只有世界與疲憊
草石埋覆著毀棄的幽浮
結晶的海水

路口，陽光早已經為他鋪好一條金毯
他提著皮包躲避車子和貓狗
破碎的肢體。一輛救護車從醫院的側門出發了
1306 天之後它將與他初次遭遇。

午夜之鏡

他踢開被子和夢
浴室的小燈忽然亮時，他看到一個男人
（彷彿在黑暗中站立良久了）與他狐疑對視：
他的前額油亮，皺紋的荊棘在腦殼裡
持續地茁長，幾枝已然鑽出臉皮。
脖子凹凸的光影像岩石或木材的表面
絲質睡袍底下只有空蕩的骨架罷
欲望和恐懼在其內築巢如鳥與蛇。

天亮之後，世界還要繫好領帶與他見面

況且他的床上還有女人，穴居之所——
他離開馬桶，轉身關燈，繼續
讓那個男人在黑暗裡獨自站立。

大夢

他壓動水箱的旋紐，然後刷牙洗臉
一個中年男子在鏡裡端詳著他
著名的弦樂主題又回來了，當妻子
走出廚房在原木餐桌上擺置碗筷
瓶花安靜地死著
第二、三版仍是未了的政爭
中東、緋聞、分屍疑案散落他處
八點三十七分了。她盡責地提醒
他拿鑰匙，坐在門口繫鞋帶
離家之前照例觸碰她的左乳。

當他抵達第一個路口
燈號轉紅，穿運動衣的老人顧盼通過。
開完會後必須抽空去趟銀行週五記得提早赴約
小心對付那頭漂亮的衣冠禽獸
他想。此時一隻白蝶撲撞擋風玻璃
他感覺自己已經完全清醒

雖然他確實還在一場夢裡。

七樓

她的百葉總是垂落的時刻居多，
入夜以後，我只能確定屋裡有一架電視及一盞燈。
早晨，她偶爾會升起簾幕
（我便可以窺見窗內的場景等等）
那時她永遠是一個人的：
衣衫整齊，頭髮梳好戴著胸罩
面容冷靜，背對著床報紙早餐

下班

每天黃昏的顏色和溫度都不一樣雖然火車幾乎總是準
時的結束一日的男女依循習慣坐在各自的暗影裡胸膛
起伏有人拿出了隨身聽企圖隔離牛筋草輕輕搖頭

聽說生命一去不回可是隆隆倒退的窗景明天必然重複
況且一如晨昏秋天與春天難以分辨錄音帶又轉到了那
首歌啊愛它令星月奔馳讓太陽像節慶的五彩氣球

在某個小站學生吵嚷地上車短暫干擾了那名布爾喬亞
不久怨憤彷彿突變的細菌再度活躍且更適於生存此時
野鳥都已歸巢不過無需憂慮火車繼續在鋼軌上走

上班

從地球的另一面火車又駛來了天天選擇相同座位的
乘客放下皮包攤開報紙提供的鮮熱早點戰爭選舉星
座遠遠地飄過來的股票浮屍

在某個大站護校的學生上車多數並不談論病菌他還
吻我這裡她說身穿乳品工廠制服的男人睜開眼睛瞥
見窗上奔走的第十九個五月

究竟火車為何行駛呢一名白領偶爾恍惚祂是不動的
動者然而通勤電車理應用電如此大膽的思想只是頃
刻他又沿著耳機鑽進隨身聽

轉車

由於某事他錯過了每日黃昏乘坐的平快他從皮包取出
火車時刻表（許多小小的數字和地名馴服地蹲踞在細
窄的方格裡）然後決定逆向而行先北上到較大的車站
再等七分鐘後的南下復興

站在天光急遽稀薄的月臺他的雙腿因為白晝僵硬黑暗
棲落此刻無需說話微笑的嘴巴還剩兩分鐘罷南下的火
車即將駛來他突然想到全世界沒有一人知道他的位置
現在他已經脫離了例行路線甚至無法準時回家

在他背後體貼的夜色先靠近了彷若護衛一份完整的孤
獨一枚意外的自由閃爍如星

出站

經過出口時一向緘默的中年臺鐵員工突然對我說話你
是我的同學啊我們幼年都住在溪口鄉你念柴林國小對
吧民國五十幾年的時候我對他點頭微笑對啊我說然後
將車票放進他面前的塑膠小盒

其實他認錯了我從未念過那所小學不曾住在他的家鄉
對於別人的理解通常如此不是偏高就是偏低不是太遠
就是太近對準焦點的情況極少但我忙碌一天實在很累
無法和他討論這麼嚴肅的議題

夜色

她在陽臺收取胸衣和內褲，當
男友扭開熱水弓身在浴室的蓮蓬頭下
無法確認的毛髮遲疑朝向排水孔游泳
收錄音機繼續播放暢銷單曲……
樓下，機車大致到齊占領了黯淡的巷子
一名慣竊假裝抄寫牆上的招租紅紙，
　　詭異無聲地，他正接近
他們明晨七點五十一分的失望與憤恨。

傍晚

同居的男女已經回到八樓租屋
打開便當。雨雲準時靠攏移近
巷口又堆滿一天的垃圾了：
床墊，寵物，保險套，果皮

其實不遠的嘉南平原，這時
一列火車通過天色的隱喻離去
乘客身旁的空位坐了全部的行李
服務生推著餐車，聲音呆板

他和她和你與我

1

隔天早晨，他突然變成了啞巴。
而且是極為沉默的那種。

他的嘴唇，舌頭，牙齒
此後只能用於飲食，抽煙，吐納。
耳朵和眼睛倒都還好，他的
鼻子卻是越發靈敏了。
某日下班回家，他在牆後攤開晚報

竟然可以嗅到一樁凶殺案
遙遠的現場：精液，血跡
Lux 香皂。

那間臥室有其獨特的氣味。
正如所有的臥室一樣。
他絕望地想著。
也有一種熟悉的疲憊的氣味。
正如所有的臥室一樣。

他的妻子覺得憤怒與荒謬
勉為其難地燉了幾枚豬心。

醫生和親戚建議和猜測。

不過，他再也無法和她說話了。

六個月後，他們在協議書上簽字。

這個結果顯然與他的離奇病變有關。

2

公車即將離去。城北不願意透露姓名的女孩要點一首歌送給城東的男友。她在街角的 7-ELEVEN 前撥了一通電話。衛星清晰地傳送影像。陰涼的地下室裡他們印製更多的傳單。過了五點三刻郵差照例前來打開黃色郵筒。

她口唇掀動夾帶著沉默的雜音。

他背負昨夜縱慾過度的身體與 AK47 折好地圖。不久他駕著一部 UNO 出現了。航線下方 35000 呎老人走進星光飄搖的橄欖園。一輛救護車尖叫著搶越沙漠對面的紅燈。他拾起筆以中文寫信在阿雷格港的旅館房間。個電話是空號對不起您現在撥。

她倒臥於廚房門口蘋果洋蔥急速腐爛。話是空號對不起您現在撥的這。午後鎮暴部隊很早便抵達廣場了。他們幾乎沒有交談立即上床做愛。測謊器的指針安詳平靜雖然真相並非如此。瞄準她的左乳他刺下第七刀。之後他揮手之後離開拔林的月臺。

但是我了解你啊如同自己……她有春天一樣誠摯的瞳孔毫無疑問。護士撤走綠色的屏風準備換班。面對面時他們開始談論狗。他的形貌模糊當她自一列疾馳的火車內部向外張望。鈴聲在西亞灰青的晨光裡中斷。NA LAETHA GEAL M'ÓIGE。空蕩的公車離去。

3

他們正在交談。在風中和海上。在爐邊或田野。

然而這是奇怪的。因為

他們囚禁於各自的語言如同肉體之中。

丈夫使用美幾都涅語。妻子使用埃支南弟語。父親使用

巴勃塔拉語。母親使用漱瓦希裡語。兒子使用薩色莫伊
語。女兒使用旁遮普比語。朋友使用該爾卡雅語。仇敵
使用弗雷夕恩語。上司使用殷白布勒語。部屬使用提貝
坦桑語。鄰居使用瑪什耶藍語。路人使用波惹凡沙語。
作者使用（無論哪一種）。讀者使用（無論哪一種）。的
語言。語言。
不同。

至於剩餘的五十九億多種語言
（根據一九九五年的保守估計）
就分配給他和她和你與我。

人們（四首）

一、孩童

神必然是依據他的形象造了天使：

何其柔嫩的髮絲顫動如園中的綠草
當禽鳥甜蜜地降落
走獸懶懶地曬著太陽。
「看哪，鏡般的眼瞳裡，一座天堂的倒影……」
如果他持續地撲動兩手
必然就能夠如幽浮升空，

而發光的臉龐多像樹上悅目的果實
令人不禁想要採摘，和咬噬。

二、鄰居

她真希望他病了
他如果病了真好
他如果病了
她會活得更健康

他真希望她死了
她如果死了真好
她如果死了

他會過得更生動

她應當饒恕別人
不是七次，是七十個七次，
可是她真希望車禍發生
在他黃昏過街的剎那。

他應當謹守主命
不是咒詛，是為敵人祝福，
可是他真希望毒菌繁衍
在她迅速潰爛的內臟。

三、病人

他最常穿的那一件花格襯衫
此刻披掛於牆上的衣鈎
委頓地，像失去肉體的靈魂

教友們每週前來（如天使
腳蹤佳美）在他的床邊
為他禱告：

心好的人有福了，因為天國是他們的。
肝好的人有福了，因為他們必承受地土。
腎好的人有福了，因為他們必得安慰。

胃好的人有福了，因為他們必得飽足。

四、老頭

他坐在屋內。彷彿是在等候著。
是等候著。

可是沒有人敲門
沒有人走進黃昏急遽稀薄的客廳
沒有人在遠方的城市投下一枚硬幣
以鈴聲悉索地撥動植物般的思想和肢體
沒有人在擁擠的車站為他趕路

沒有一片郵戳恰巧壓在他的名字旁邊
沒有天使飛進庭院
發光的羽翼從未照映一株枯黃的竹

每天這個時候，他總覺得
甚至魔鬼也將他遺忘了。

附件

異形
alien

詩是一種技藝，不多不少。

❖

運動選手若想出類拔萃、締造佳績，就必須經常練習、保持紀律。一場籃球賽大約一小時結束，四百公尺一分鐘就可以跑完。其他的時間呢，選手們都在做些什麼？無非是學習和訓練。持續的、頗為單調的學習和訓練。

❖

難道運動選手平日只要等候「靈感」出現，便能克敵制勝？勝出之際，難道他們會將原因歸諸「靈感」？

若詩人希望像運動選手受人尊敬，就要像運動選手經常訓練、維持紀律、專注於自己的工作。寫詩如同打球和賽跑，也像其他的技藝——捕魚、造屋、種田——必須專業和用心，才能有些成果。

❖

有時我遇到過度推崇觀念的詩。每次讀到這種詩，我也總會覺得惋惜，尤其當作者顯現一些巧思和才氣時。

只有才氣不夠，僅憑巧思支撐的詩無法深刻動人。

在觀念決定一切的詩裡，巧思和才氣往往變成工具，如同語言。在這樣的詩裡，觀念系統掌握優勢，輕視並壓抑詩中其他可能的系統。

讀這些詩時，我經常會有匆忙之感。它們急於抵達結論，過程並不重要。

❖

現代詩人多以自由詩寫作。所謂自由詩，通常以否定的方式定義：不必有格律、不必計算音節或行數等等的那種詩。

詩人擺脫固定格式的限制，似乎得到充分的自由，但這種自由也帶來難題。若有人提問，某一首自由詩為何是詩，而非散文？多數的人可能都無法清楚回答。自由詩藉由否定或闕如定義；然而，某些條件的闕如和否定無法保證結果必然是詩。

❖

因此，還是必須回到詩。

詩強調的是語言的物質性和可觸性，也即是語言本身，而不僅是將其當作傳遞訊息的媒介或器具。知道一首詩在「說什麼」——知道它的「主題」是什麼——不等於馴服或消化了這首詩。

最終，「懷文抱質」仍然是目標。

❖

風格很重要。建立風格很簡單。建立美好的風格很難。

❖

對我來說，詩比較像筆記和日記，不像作文或演講。換言之，詩只對自己說話，不企圖說服別人。世界充滿了表演，詩應避免。

❖

詩中的想像或虛構必須植根於真實的生活經驗。缺少生活經驗的想像和虛構體質薄弱、沒有力量。生活經驗不必然殊異或廣闊，但必須深刻。最平凡的事物裡有光和真相。

❖

不要輕忽日常細微，其中就有怪奇偉麗。

自由總是涉及限制，總在某種或某些規則之內。毫無規範的「自由」並非自由，而是混亂與野蠻。這當然牽涉人性。

即使是古典詩時代的格律也有其益處。類似的觀點，波特萊爾和況周頤都說過。

❖

如何汲取傳統養分，在自由詩中製造音樂性，這是新的挑戰。自由詩的音樂性和歌唱無關，也不只是平仄押韻或抑揚音節等等，還應該包括字詞或句型的呼應或對峙、詩行長度及節奏快慢的變化、發音部位和聲情、停頓時的靜默、其他。

❖

詩大致可分為抒情詩和敘事詩。敘事詩是有故事的詩，像用詩寫成的小說；抒情詩則缺少明顯的故事性。有時，論者會另加一種「說理詩」，強調其知性成分，以便和「抒情詩」區隔。

將原來的兩類擴增至三類（抒情詩、說理詩、敘事詩），這種考慮立意良善，執行不易。不論古典詩或現代詩，經常都是知感交融，既抒發情感又議論說理。若要斷然分別情和理，令其歸類，並非易事。

葉慈的詩足夠抒情，但他也時常在詩中說理。〈亞當之咒〉中，他表達對於龔茱德的愛慕，更探討人類在墮落之後的宿命：凡是美好之物，都需要努力經營，才能獲得。文學、美、愛情，皆是如此。「一行或許要數小時才寫成；／但若它看起來不像頃刻所得，／反覆的縫補拆線就都是無功。」僅此三行，已經可以和許多文學批評觀點連結。

❖

「戲劇性」含括若干特色：角色扮演、劇情發展、對話、獨白、場景變換。

抒情詩不是戲劇，是否可能有戲劇性？

即使是最單純的抒情詩也可以發展情節，具有戲劇性。那種情節進行可能不是外表的，而是內在的，甚至是幽微隱晦的。缺少明顯劇情的詩，其實還是可以推移和變化。（自我）對話、場景／心景轉換、衝突、妥協……，仍然可能發生。

這類的抒情詩中，經常可以發現亞里士多德提到的「頭、中、尾」。讀者讀過詩後，彷彿經歷了一段旅程。此一旅程由詩人的文字帶領，目的在於發現及領悟。

沒有也沒有關係。不過是抒情詩的可能之一。

❖

我無法不想到讀詩的困難。此一困難的原因也許錯落不一，但最終都可以形成讀者個人的品味。所謂品味，或者即是一切——努力、知識、經驗、基因——的總和。郎佳訥思曾經論及「心蕩神馳」，此一準繩也和品味脫離不了關係。

不是你讀文學，而是文學讀你。換個角度來看，大抵如此。閱讀暴露了讀者的一切。

所謂的「讀者」當然是廣義的，從事評論或創作的人也都屬之。

❖

若非真有話說，保持沉默。浪費語言不很道德。

若發現比詩更好的東西，若確定它真的更好，離開詩。

後記。2020

異形

alien

《異形》隔了二十三年才再版，或許我應該寫一篇後記。

這本詩集裡的詩，絕大多數是三十歲以後所寫。通車工作的題材開始出現，那是我在二十幾歲時未曾預見的。或許這也不是壞事。不在規畫之內的經歷可以讓我更為清醒、真實。

通車工作的歲月，我的提包裡經常放著筆記本，一本寫完換另一本。那些倉促的筆記有些後來變成詩，多數沒有。沒有變成詩的筆記並非沒有詩意——以我此時理解，任何生活經驗都可能具有詩意——而是不想另外花費心力時間，使其成為詩。工作和通車已經令我疲累不堪，「生存」躍居考量的首位，雖然對於詩的熱情還在。

或許那也不全然是壞事，其中可能還有某些奧妙的功用？只要我不放棄寫作，生活的瑣碎例行不僅提供細節和想像，也可以像形式的壓迫，提煉更精純的內容？

那些年裡，另一個比較明顯的主題是人的複雜。或許時候到了，我開始大量注視所謂的人性，且對其昧暗多面感到悲傷。這個主題更早之前已經出現——例如〈鄰居〉和〈一隻麻雀誤入人類的房間〉等——只不過不像《異形》時期那般頻繁強烈。

這次再版，除了修訂若干字句，也增補了幾首詩。初版未能收入那些詩，年代久遠，確實原因已不可考；現在將其放進詩集，當然有我私人的理由。

另外，我加上了一篇〈附件〉，收錄過去所寫的幾則短論。寫那些文章時毫無設計，想到什麼就寫什麼；現在放在一起，因此經過剪輯、整理。我並非想要別人同意我的觀點，只是提供一己之見，期望激發更多更好的思考。

國家圖書館出版品預行編目資料

異形 / 孫維民著 .
-- 初版 . -- 臺北市 : 聯合文學， 2020.10
176 面 ；14.8×21 公分 . --（聯合文叢；669）

ISBN 978-986-323-358-9（平裝）

863.51 109014184

聯合文叢 669

異形

作　　者／孫維民
發 行 人／張寶琴

總 編 輯／周昭翡
主　　編／蕭仁豪
資深編輯／尹蓓芳
編　　輯／林劭璜
資深美編／戴榮芝
業務部總經理／李文吉
行銷企劃／蔡昀庭
發行專員／簡聖峰
財 務 部／趙玉瑩　韋秀英
人事行政組／李懷瑩
版權管理／蕭仁豪

法律顧問／理律法律事務所
陳長文律師、蔣大中律師

出 版 者／聯合文學出版社股份有限公司
地　　址／(110)臺北市基隆路一段 178 號 10 樓
電　　話／(02)27666759 轉 5107
傳　　真／(02)27567914
郵撥帳號／ 17623526 聯合文學出版社股份有限公司
登 記 證／行政院新聞局局版臺業字第 6109 號
網　　址／http://unitas.udngroup.com.tw
E-mail:unitas@udngroup.com.tw

印 刷 廠／沐春行銷創意有限公司
總 經 銷／聯合發行股份有限公司
地　　址／(231)新北市新店區寶橋路235巷6弄6號2樓
電　　話／(02)29178022

出版日期／ 2020年10月　初版
定　　價／ 300元

ISBN 978-986-323-358-9（平裝）